ESSAIS
EN VERSIFICATION;

Par Emile Astaix,

DE MANZAT (PUY-DE DOME),

Employé de la Banque de Bordeaux

Celui qui est pauvre doit être joyeux et content au milieu de son indigence. Celui qui est riche doit faire du bien a tout le monde.

CONFUCIUS

PRIX : UN FRANC,

Au profit des mondes (en aout, decembre 1826 et mai 1827) des arrondissemens de Riom, de Thiers et de Clermont Ferrand, les frais d'impression payes

A BORDEAUX,

DE L'IMPRIMERIE D'ANDRÉ BROSSIER, MARCHAND DE PAPIERS,

RUE ROYALE, N.° 13

1827.

ESSAIS

EN VERSIFICATION;

Par Emile Astaix,

DE MANZAT (PUY-DE-DÔME),

Employé de la Banque de Bordeaux.

Celui qui est pauvre, doit être joyeux et content au milieu de son indigence. Celui qui est riche, doit faire du bien à tout le monde.

CONFUCIUS.

PRIX : UN FRANC,

Au profit des inondés (en août, décembre 1826 et mai 1827)des arrondissemens de Riom, Thiers & de Clermont-Ferrand, les frais d'impression payés.

A BORDEAUX,

DE L'IMPRIMERIE D'ANDRÉ BROSSIER, MARCHAND DE PAPIERS,

RUE ROYALE, N.º 13.

1827.

J'ai rempli les formalités voulues par la Loi, et, suivant toute sa rigueur, je poursuivrai les contrefacteurs et débitans d'une édition contrefaite du présent opuscule.

AVERTISSEMENT.

Le but de la publication de ces faibles essais, offerts sans autre intention que de secourir le malheur, en donnant une marque de souvenir à mon pays, me préservera peut-être des traits d'une pédantesque critique, à laquelle on doit s'attendre d'être en butte toutes les fois que l'on s'avise de livrer des vers à l'impression. A ce propos, j'avertis que je n'ignore pas que ce que j'ai consacré au soulagement de l'infortune, n'est que le fait d'un médiocre écolier. Serait-il donc impossible qu'on put se bien connaître soi-même? Apollon sans doute ne m'a pas privilégié de son influence secrète ; malgré cela, ne m'aurait-il pas été permis de rompre l'uniformité du cercle de mes occupations, en essayant quelques morceaux de versification ? Et depuis quand serait-ce faire mal que d'utiliser ses momens de loisir ? Quoi qu'il en soit, je m'adresse à l'indulgence de ceux qui se piquent d'être littérateurs, et à la bien-veillance des honnêtes gens, en leur déclarant d'avance que je désavoue ici formellement toutes allusions ou personnalités qu'on pourrait supposer gratuitement, et que dans ce petit ouvrage on ne doit voir seulement que le simple produit de l'imagination. Au reste, je serai suffisamment dédommagé de mes efforts, si l'approbation des gens de bien et les bénédictions des malheureux inondés, font justice des suppositions de la malveillance et des rigueurs de la critique, qui, l'une et l'autre, me prêteraient des prétentions que je n'ai point.

ESSAIS

EN VERSIFICATION.

COUPLETS

A L'OCCASION DE LA NAISSANCE

DE

S. A. R. M.ᴳᴿ LE DUC DE BORDEAUX.

AIR : *Du premier pas.*

FRANCE, il est né ! le Duc dont la vaillance
Entraînera les généreux efforts
Que tes soldats feront avec constance,
Pour ton bonheur et ton indépendance,
    Loin de tes bords !

Réjouis-toi, Bordeaux, cité fameuse,
Il prend ton nom en signe de la foi
Qu'au Douze Mars, de mémoire joyeuse,
Tu signalas pour la venue heureuse
    De notre Roi !

Royal enfant ! que ta mère attendrie
Au doux aspect du bonheur de retour,
Montrant au Roi l'espoir de la patrie,
Offre HENRI CINQ pour devise chérie
    De notre amour !

Formez des pas, garçons, et vous, fillettes,
Dont les attraits sont toujours ravissans ;
Venez, guerriers, vous mêler à nos fêtes ;
Que vos refrains unissent aux musettes
    De fiers accens !

Vive Bordeaux, séjour digne d'envie !
Vive le Duc, divin gage de paix !
D'un si beau jour ah ! que dans notre vie
Le souvenir en notre âme ravie
    Reste à jamais !

Dépeindrait-on la touchante alégresse
Qui de Bordeaux est la suprême loi ?.....
Muses, chantez !.... Accourez du Permesse...
Un autre Amour sourit à notre ivresse,
    Comme le Roi !

SONNET

SUR LA MORT

DE SA MAJESTÉ LOUIS XVIII,

ROI DE FRANCE.

PRINCE, c'en est donc fait, tu descends dans la tombe !!..
Le burin de l'histoire et la postérité,
Qui pleureront le jour où ta bonté succombe,
Diront que ta vertu vaut l'immortalité.

Hélas ! les vifs regrets de la tendre colombe,
Lorsque du plomb mortel son amant est blessé,
N'égaleront jamais ceux où mon cœur retombe
Au douloureux aspect de ton astre éclipsé.

Que m'importe la vie en ce moment funeste ?
Au trépas de mon ROI, grand DIEU ! quel bien me reste?..
Le seul épanchement de mes chagrins pieux.

Mais sans doute son âme à ses aïeux augustes
Ne pouvait envier un sort plus glorieux.....
LOUIS s'est endormi du beau sommeil des justes !

A MONSIEUR

GABRIEL-PIERRE ASTAIX,

ANCIEN JUGE DE PAIX ET MAIRE A MANZAT,

MEMBRE DU COLLÉGE ÉLECTORAL DU DÉPARTEMENT DU PUY-DE-DÔME, NOTAIRE
ROYAL CERTIFICATEUR A CLERMONT-FERRAND, ETC., MON PÈRE,

LE JOUR DE SA FÊTE.

Air : *C'est pour toi que je les arrange.*

Pour te fêter, ô tendre père !
Si je te présente une fleur,
Sa fraîcheur sera passagère,
Un jour flétrira sa couleur.
Mais pour ton cœur un digne hommage,
De vanité n'étant suspect,
C'est de te chérir à tout âge,
De t'honorer par mon respect.

ÉMILE ASTAIX.

ACROSTICHE

⚬ SUR

SA MAJESTÉ CHARLES X,

ROI DE FRANCE.

CHARLES, de Marc-Aurèle imitant les bienfaits,
Habilement maintient le calme de la paix.
Appui religieux de tout droit légitime,
Rien ne saurait tromper son esprit magnanime.
La nation le voit, d'un zèle attendrissant,
Envers les malheureux être compatissant ;
Ses généreuses mains versent avec constance
Des consolations sur les maux de la France.
En honorant son nom, nos arrière-neveux
Béniront à jamais son règne vertueux :
Inspirant le respect, l'amour, la gratitude,
En tous temps pénétrés de sa sollicitude,
Nos cœurs en garderont l'immortel souvenir.
A régner par les lois, à se faire bénir,
Il met sa gloire unique et son bonheur suprême :
Méritant d'être Roi, CHARLES, la bonté même,
Est digne d'être aimé jusqu'au dernier soupir.

SONNET ACROSTICHE

sur

LE PONT DE BORDEAUX.

De ce pont magnifique admirez la structure,
Etrangers et Français, qui venez à Bordeaux;
Son immortel auteur, pour dompter la nature,
Consultant son génie, illustra ses travaux.

Habilement construit sous des flots la ceinture,
A plaire aux voyageurs tes soins toujours nouveaux,
Monument éternel de noble architecture,
Peindront assez ton prix sans d'éloquens pinceaux.

Sept merveilles déjà, célèbres sur la terre,
Faisaient l'enchantement du philosophe austère,
Et des beaux arts chéris l'honneur partout vanté.

CHARLES dira : « Grand Dieu! tu voulus qu'en ma vie
» Il fut chef-d'œuvre encor dans la France enfanté :
» Tu fis naître DESCHAMPS ! Que mon âme est ravie ! »

A UN HOMME BIENFAISANT,

LE JOUR DE SA FÊTE,

EN LUI PRÉSENTANT UN LIS ENTOURÉ D'IMMORTELLES.

Du malheur timide interprète,
Qu'offrirai-je à l'homme de bien,
Lorsqu'à l'envi chacun s'apprête
A fêter son digne soutien ?.....
La fleur qu'honore ma patrie,
De JEAN l'image, a des attraits ;
Mais que l'immortelle chérie
Soit l'emblème de ses bienfaits !

LA FOLIE RAISONNABLE.

En France on ne voit que folie :
Le père est fou de ses enfans,
Tout Saint-Preux l'est de sa Julie,
Tout peintre l'est de ses talens ;
Le brave est fou de la victoire,
Le sage est fou de la raison ;
Moi, je le suis pour rire et boire :
Chacun est fou de sa façon.

Ici-bas l'aimable folie
Souvent s'unit à la raison,
Chez l'amant de fille jolie,
Chez l'ami de mainte Ninon ;
Chez l'auteur amoureux de gloire,
Chez le noble fier de son nom,
Chez l'acteur digne de mémoire,
Et chez le guerrier de renom.

Trop de sagesse, ô Coralie !
Peut conduire à la déraison :
Ne ris point de cette folie,
Elle est fille de la raison.
Si pour charmer le cœur d'Estelle
Jules consulte la raison,
De triompher d'une cruelle
Parfois la folie a le don.

Le preux, en habile adversaire,
Quelquefois blesse la raison :
La folie a dans cette affaire
Autant de part que la raison.
Le Dieu que l'on fête à Cythère
Est un enfant de la raison ;
Mais que d'humains sur cette terre
Ont eu le tort d'avoir raison !

CHANSON.

Tu crois charmer le cœur d'Adèle,
En soupirant en troubadour ;
Tu dis qu'elle n'est point rebelle,
Lorsque tu dépeins ton amour.
Mais ce n'est qu'humeur et caprice,
Quand tu jures d'être constant.
Moi, qui suis simple et sans malice,
Parbleu, j'en ferais bien autant.

Épris pour la coquetterie
Qu'Adèle étale en s'admirant,
Tu pousses la plaisanterie
A l'imiter en te mirant ;
Au ton bizarre, à la folie
Tu joins un dehors important :
Moi, pour plaire à fille jolie,
Parbleu, j'en ferais bien autant.

J'aime dans une chansonnette
L'à-propos, la simplicité ;
Je chéris dans une fillette
La candeur, l'esprit, la gaîté.
Je déteste la suffisance
Qu'on veut farder d'un air content :
Que je déplairais à Constance,
Parbleu, si j'en faisais autant !

Ennemi de l'ingratitude
Dans le commerce des amours,
Je préfère en aimable étude

Couler doucement d'heureux jours.
Victor, jaloux de sa maîtresse,
Paul, d'un fol amour palpitant,
S'ils guérissaient de leur ivresse,
Parbleu, pourraient en faire autant.

Si je m'essaie en poésie
Pour me créer amusement,
C'est un goût de ma fantaisie,
Qui m'offre bien de l'agrément :
Il nourrit douce rêverie
En me consolant un instant
De l'absence de ma patrie :
Ah! n'en ferais-tu pas autant?

LE CHOIX D'UNE ÉPOUSE.

Si j'étais maître de mon choix
Pour fixer le sort de ma vie,
Voici l'objet qui sous tes lois,
Hymen, comblerait mon envie :
Je le voudrais sensible et bon,
Exempt d'humeur triste et jalouse;
Ne me prends pas pour un gascon,
Trouve-le, demain je l'épouse.

Celle qui charmerait mon cœur
Dans les nœuds chers à la nature,
Est la fille dont la candeur
Décèlerait une ame pure :
Quel serait mon contentement
Si je l'obtenais pour épouse !
Oui, je l'aimerais tendrement :
Trouve-la, demain je l'épouse.

Je voudrais que de la santé
Elle put goûter l'influence,
Qu'étant peu riche et sans fierté
(L'Orgueil est fils de l'Opulence),
Elle aimât la simplicité,
Eût six ans augmentés de douze,
Joignît l'esprit à la beauté :
Trouve-la, demain je l'épouse.

Je désire qu'à la raison
Elle unisse un grain de folie ;
De la tolérance le ton

Éloigne la mélancolie ;
Que son langage soit discret ,
Plus franc que celui de Toulouse ,
Mais qu'elle conserve un secret !
Trouve-la , demain je l'épouse.

CHANSON.

Air : *Aussitôt que la lumière.*

Lorsqu'au lever de l'Aurore,
En traversant les Chartrons,
Je vais de Bordeaux encore
Visiter les environs,
Je chante l'Amour, la Gloire,
Les Grâces, Anacréon,
Et le Bordeaux bon à boire
Termine enfin ma chanson.

O tendre Amour ! de la vie
Tu sais charmer les loisirs ;
Par un sort digne d'envie,
Tu mets comble à nos désirs.
Si la Beauté qui m'inspire
En ce fortuné séjour,
Voulait suivre ton empire,
Je maudirais moins le jour.

Tout brave dont la Prudence
Guide la bouillante ardeur,
Marche avec plus d'assurance
Dans le chemin de l'honneur,
Qu'un guerrier que la victoire
Enivre de vains succès,
En lui dérobant la gloire
Telle que la vit Désaix.

De la charmante Euphrosine
Combien me plaît la gaîté,

3

Comme la grâce enfantine
De la naïve Aglaé !
Qui dépeindrait de Thalie
L'aimable simplicité ?
Qu'autant j'aime à la folie
Que de Vénus la beauté.

D'Anacréon les prouesses ,
Qu'il chanta sur ses vieux jours ,
Avec ses belles maîtresses ,
Et Bacchus et les Amours ,
D'une durable mémoire
N'ont mérité les faveurs ,
Que parce qu'il eut la gloire
D'être inspiré des neuf Sœurs.

Parmi les vins qu'on me cite
A Paris et dans Lyon ,
Je choisirais le Lafitte
Avant Latour , Haut-Brion ;
Et, préférant au Bourgogne
Sauterne et Château-Margaux ,
Je ne rougirais ma trogne
Qu'avec du vin de Bordeaux.

COUPLET

SUR CE DICTON :

IL FAUT PRENDRE L'ARGENT POUR CE QU'IL VAUT, ET LES HOMMES POUR CE QU'ILS SONT.

AIR : *Je loge au quatrième étage.*

Pope, qu'en tous lieux on renomme
Pour chantre de l'homme de bien,
Nous démontre en l'*Essai sur l'homme*
Que dans l'Univers *tout est bien.*
S'il a dit vrai, j'en suis fort aise ;
Sans être Pope, ni Platon,
Moi, j'estime l'or ce qu'il pèse,
Et l'homme au poids de sa raison.

QUATRAIN

ADRESSÉ

A UN HONNÊTE PRISONNIER.

Vous êtes opprimé ! !..... Mais à l'âme bien née
La paix est le partage en toute destinée.
Quand toujours on suivit les sentiers de l'honneur,
Souffrir pour la vertu ne peut être un malheur.

HOMMAGE

SUR LA TOMBE DE M. BALGUERIE-STUTTENBERG.

En ce tombeau repose un grand négociant,
Un zélé citoyen, un homme bienfaisant,
Des armateurs français l'honneur et le modèle :
Il sut par ses vertus mériter à la fois
L'amour et le respect de la cité fidèle,
Les pleurs de l'infortune et l'estime des Rois.
Bordeaux de son génie attestera la gloire,
Et son nom à jamais vivra dans sa mémoire.
Répands sur BALGUERIE une larme, passant !......
Le Ciel en bénira l'hommage attendrissant.

A JULES M....,

QUI M'APPORTE QUELQUEFOIS DES FLEURS EN ÉCHANGE DE BONBONS.

AIR : *J'ai vu partout dans mes voyages.*

Aimable enfant, qui me rappelles
Un neveu qui porte ton nom,
Lorsque tu viens de fleurs nouvelles
Me faire l'agréable don ;
Tu ne goûtes en récompense
Que de vains bonbons la douceur,
Mais tu sais par ton innocence
Gagner l'amitié de mon cœur.

LA LIBERTÉ,

OU LA PARFAITE INDIFFÉRENCE,

ODE DE MÉTASTASE, MISE EN COUPLETS.

Air : *J'étais heureux à ce temps d'innocence.*

A NICÉ.

Grâce à tes soins, à ta supercherie,
Le juste Ciel de mon sort a pitié ;
Ma liberté n'est donc plus rêverie !
Combien je sens le prix de l'amitié !

Mes premiers feux me trouvent insensible,
D'aucun dépit je ne veux les masquer ;
J'entends ton nom, Nicé, je suis paisible,
De trouble en moi tu ne peux remarquer.

Suis-je endormi, tu m'es absente en songe ;
A mon réveil tu n'as plus un soupir :
Loin de sa vue à Nicé je ne songe,
Je la revois sans peine et sans plaisir.

De ta beauté mon œil n'est point avide,
Tes cruautés ne sauraient me piquer ;
Tu m'apparais sans me rendre timide,
De tes discours rien ne peut me choquer.

Regarde-moi d'un air candide ou tendre,
Adresse-moi des propos de douceur ;
A me charmer en vain tu dois prétendre,
Tu ne sais plus le chemin de mon cœur.

Que je sois gai, que je sois en tristesse,
Ces deux états ne sont pas de l'amour ;
Les bois, les prés me plaisent sans maîtresse,
Et je m'ennuie en un triste séjour.

Vois cependant si je hais l'imposture,
Je ne pourrais renier tes attraits,
Et maints défauts sur ta belle figure
(Sans t'offenser) me semblaient de beaux traits.

Quand j'eus rompu ma chaîne (j'en ai honte),
D'un froid mortel furent glacés mes sens ;
J'allais mourir d'une atteinte trop prompte :
Pour être libre, ah ! mon Dieu ! quels tourmens !

L'agile oiseau, sacrifiant sa plume
Pour dégager ses pattes des gluaux,
Trouve sa vie exempte d'amertume :
L'expérience éloigne d'autres maux.

Tu crois encor que mon âme sincère
T'aime toujours, lorsque je dis parfois
A nos amis que tu ne m'es plus chère :
C'est que je crains les dangers d'autrefois.

Le vieux guerrier, soulevant son armure,
Laisse admirer son sein cicatrisé ;
L'esclave libre est fier de la blessure
Du fer cruel que sa main a brisé.

Je parle enfin, mais pour me satisfaire ;
Crois que je mens, cela m'est fort égal ;
Tu chercherais vainement à me plaire,
Je suis tranquille auprès de mon rival.

Oui, j'abandonne une amante volage,
En moi tu perds un cœur tendre et constant ;
Qui de nous deux gémira davantage,
D'une perfide, ou d'un fidèle amant ?

FRAGMENT

DE LA PREMIÈRE NUIT D'YOUNG,

MIS EN VERS FRANÇAIS.

Je t'invoque ! ô Sommeil !... Viens répandre en mon cœur
De tes dons consolans la charmante douceur ;
Tu sors de la langueur la nature affaissée....
Ah ! verse tes pavots sur mon âme oppressée.....
Mais tu n'écoutes point la voix des malheureux,
Tu les fuis, à l'instar d'un monde fastueux
Qui ne se plaît qu'aux lieux où sourit la fortune :
Là plainte du Malheur lui devient importune,
Quand il vient à sa porte, en bravant le dédain,
Le prier humblement de lui donner du pain,
Et son œil, fasciné par de frivoles charmes,
Évite avec orgueil les yeux trempés de larmes.

Depuis long-temps privé de ma tranquillité,
Après quelques instans d'un repos agité,.....
Je me réveille !..... Heureux ceux qui dans la poussière
Ne sont plus condamnés à revoir la lumière !
Pourvu que des démons les spectres infernaux
Ne troublent point les morts dans l'ombre des tombeaux.

Quels flots tumultueux de bizarres mensonges
Ont battu ma raison dans de pénibles songes !
Comme j'errais toujours de malheurs en malheurs !
Je souffrais pour des riens de la mort les horreurs.

Recouvrant ma raison, après un trouble extrême,
Que m'offrit le réveil !.... Hélas ! la raison même
Plus féconde en tourmens que la folie en maux,
Et je n'ai retróuvé que des malheurs nouveaux
Pour peindre ma douleur trop courte est la journée,
Et la plus noire nuit, d'horreurs environnée,
Quand elle s'enveloppe, au fort des ouragans,
De sinistres vapeurs, de nuages grondans,
Est encore moins triste et moins infortunée
Que n'est sombre mon âme à gémir condamnée.

Cependant, arrivée au milieu de son cours,
La Nuit toujours fidèle à succéder aux jours,
Assise au haut des airs sur son trône d'ébène,
(Tel qu'un Dieu, peu jaloux de toute pompe vaine,
Ne fait d'aucun éclat briller sa majesté),
De son immense voile étend l'obscurité.
Quel assoupissement ! Quel absolu silence !
Mon œil d'aucun objet n'aperçoit la présence ;
L'oreille n'entend rien. La création dort.
Tout me présente ici l'image de la mort.
Le mouvement, qui donne à tout de l'énergie,
Me paraît suspendu dans cette léthargie ;
La nature me semble en un morne repos,
Et tous les élémens rentrés dans le chaos.
Oh ! quel sommeil terrible !..... image prophétique
De la fin de ce monde, éminemment tragique !
Que tarde-t-elle encor ? O destin ! hâte-toi !......
Devant l'éternité, je n'ai plus rien à moi !......

FRAGMENT

DE L'ESSAI SUR L'HOMME,

DE POPE,

MIS EN VERS FRANÇAIS.

Abandonne la cour, Bolingbroke, il est temps
De mépriser l'orgueil et le faste des grands.
Ah ! puisque notre vie est fertile en misères,
Au milieu des palais comme au sein des chaumières,
Que le sage mortel, qui voit ses jours finir,
Autour de soi regarde et se borne à mourir ;
Que, faisant de son être une étude profonde,
Il contemple son âme en merveilles féconde :
Dédale surprenant, délicieux vallon ;
Jardin où croît la rose à côté du chardon ;
Éden qui sait tenter la fragile innocence ;
Terre voluptueuse où languit l'opulence.
Allons ensemble, ami, battons ce vaste champ ;
Découvert ou caché, voyons ce qu'il apprend ;
Arrêtons nos regards sur le flatteur qui rampe,
Et sur l'homme de bien, au cœur de noble trempe :
Admirons la nature, et suivons-la de l'œil ;
Contenons la démence, et terrassons l'orgueil ;
Chantons, quand il le faut ; pleurons notre faiblesse :
Justifions sur-tout l'adorable Sagesse.
Que dirai-je de Dieu, que dire du mortel
Qu'en raisonnant selon mon savoir naturel ?

4

Sachant l'apprécier par ton âme à toute heure,
Que connais-tu de l'homme! Ici-bas sa demeure.
C'est d'où seront tirés tous nos raisonnemens.

Bien que le Créateur des choses et des temps
Se dévoile à nos yeux par des mondes sans nombre,
Sur terre nous devons le trouver dans son ombre.
L'homme qui, parcourant la vaste immensité,
Pourrait fixer des cieux la superbe clarté,
Observerait de près les lois géométriques,
Règles, gradations, rapports systématiques
De tel globe céleste, ou constellation,
Avec l'étonnant Tout de la création;
Verrait d'autres soleils, des planètes nouvelles;
Quels peuples différens en races immortelles,
Habitent chaque étoile en roulant dans les airs :
Ce mortel comprendrait le plan de l'Univers,
Nous dirait pourquoi Dieu, sans travaux et sans veilles,
Par sa toute-puissance a fait tant de merveilles.

Ton esprit pourrait-il avoir les yeux ouverts
Sur les mondes épars de l'immense Univers?
Sur leurs nœuds et supports, dépendances intimes,
Engrainemens divins, connexités sublimes?
Petite portion de l'admirable tout,
Dis-moi, le comprends-tu, cher Milord?—Point du tout.
La chaîne donc qui joint le ciel à notre sphère,
Est-elle entre tes mains, vil mortel, ver de terre!!!.....
Tu prétends découvrir, homme orgueilleux, pourquoi
Dieu t'a fait si borné, si petit? Donne-moi
Le motif, à saisir encor plus difficile,
Pourquoi tu n'es pas né plus faible, moins habile?
Enfant de la poussière, au roi brillant du jour
Demande si ses feux forment ceux de sa cour?
Demande au chêne altier, pourquoi l'if, qu'il ombrage,
Est moindre de hauteur, moins chargé de feuillage;
Demande à nos savans, aux plaines de l'éther,

Pourquoi certain anneau ne ceint pas Jupiter ?
Demande à Jupiter pourquoi ses Satellites
Ne pourraient point du ciel occuper les limites ?
   Crois que de l'Éternel, qui règne dans les cieux.
La sagesse infinie a tout fait pour le mieux ;
Que son divin système est le meilleur possible,
Pour le bien général et pour l'homme sensible :
Or, l'ensemble est rempli, cohérent, gradué ;
Autrement, cher Milord, d'ordre il est dénué :
Tu conviendras enfin que des êtres la somme
En doit absolument comprendre un tel que l'homme.
Réduis la question au point essentiel :
L'homme est-il bien ou mal placé par l'Éternel ?
Ce que ton jugement pourrait trouver blâmable,
Comme au tout relatif sans doute est convenable.
Dans les combinaisons des ouvrages humains,
Qu'avec peine ont formés de trop débiles mains,
Cent mouvemens unis par des liens visibles
A peine produiront des effets compatibles.
Dans les travaux de Dieu, de simples instrumens,
Ayant rempli leur but, sont des ressorts puissans
Pour seconder encor, d'après des lois savantes,
Mille opérations, mille fins subséquentes.
Ainsi, l'homme qui croit, dans sa présomption,
Être l'objet final de la création,
N'est peut-être ici-bas qu'un acteur secondaire ;
Un mobile inconnu pour certaine autre sphère,
Un rouage ignoré, le moyen d'une fin,
Que le grand Artisan commit à son dessein :
Tu ne vois de ce tout qu'une faible partie.
   Lorsqu'un bouillant coursier, dans sa marche hardie,
Connaîtra les motifs que l'homme industrieux
Suivra pour modérer ses transports orgueilleux,
Ou guider son ardeur au travers de la plaine ;
Quand le stupide bœuf, lassé du joug qu'il traîne,

Saura pourquoi sa force ouvre de durs sillons,
Ou pourquoi, dans Memphis, embelli de festons,
De l'Égypte il reçut les vœux et les offrandes,
Il y fut adoré sous un dais de guirlandes :
Alors l'homme pourra, guéri de visions,
De son âme sonder les folles passions,
Concevoir leur usage, et comment dans tel lieu
L'homme est tantôt esclave, et tantôt demi-Dieu;
Pourquoi le temps heureux le trouve si peu sage,
Et celui du malheur éprouve son courage.

Tu ne saurais tenir que l'homme est imparfait,
Et que le Ciel a tort; dis plutôt qu'en effet
Il est ce qu'ont permis sa faiblesse et sa place :
Un moment est son temps, un point est son espace.

Le livre du destin au mortel est fermé,
Hors l'unique feuillet où se trouve enfermé
De son état présent l'utile connaissance,
Qui lui peint l'avenir embelli d'espérance.
A la bête est caché ce que l'homme connaît,
A l'homme est inconnu ce que tout Ange sait :
Autrement qui pourrait supporter l'existence?
Souvent l'homme est heureux dans son imprévoyance.
Ta volupté condamne un innocent agneau
A perdre la lumière, en étant son bourreau;
S'il prévoyait sa mort, ses bonds dans la prairie
Seraient-ils si joyeux, broutant l'herbe fleurie?
Jusqu'au dernier moment content de son destin,
Il lèche avec douceur son cruel assassin.

O de notre avenir charitable ignorance !
Pour que chacun de Dieu suive la Providence,
Qui voit des mêmes yeux un insecte périr,
Un atome expirer, Napoléon mourir,
La bulle d'eau crever au souffle de la vie,
Ou des mondes roulans se rompre l'harmonie.

Homme, ne prends d'essor qu'avec timidité;

D'un séduisant espoir ne sois point trop flatté ;
Avant que le Trépas vienne t'instruire en maître,
Bénis Dieu, sois content de ce qu'il fait connaître.-
S'il te laisse ignorer quel sera ton bonheur,
Il fait aussi fleurir l'espérance en ton cœur :
Tu n'es jamais heureux, tu dois sans cesse l'être ;
Ton âme est inquiète, et réduite au soin d'être,
Elle goûte pourtant, sur l'aîle du Désir,
L'aimable illusion d'un bonheur à venir.

Observe l'Indien, si borné dans ses vues :
Il croit Dieu dans les vents, l'aperçoit dans les nues ;
La science jamais ne l'enflamma d'ardeur
Pour mesurer des cieux l'immense profondeur,
Élever son esprit vers la route lactée ;
Son âme est cependant d'espérance flattée.
De son humble réduit, dans un vague lointain,
Il se figure un ciel plus doux et plus serein,
Au-delà de ces monts, couronnés de nuages,
Dont les sommets altiers attirent les orages ;
Ou bien, dans l'épaisseur de ces vertes forêts,
Il espère trouver un asile plus frais ;
Un séjour plus tranquille, une aimable patrie,
Où, des cruels démons exempt de la furie,
Le captif reverra sa femme et son trésor,
Loin du Chrétien jaloux des honneurs et de l'or
Vivre content de peu, voilà son opulence ;
Il n'a l'ambition d'aucune récompense ;
Il ne voudrait pas être un brillant Chérubin,
Ni brûler du feu pur de l'heureux Séraphin :
Il pense seulement qu'il coulera sa vie ;
Près de son chien Fidèle et de sa tendre amie,
Plus agréablement dans le libre séjour
Qu'il attend de son Dieu, qui bénit son amour.

Présomptueux mortel, te flattant d'être habile,
Oserais-tu peser de ta raison débile

Contre le juste Ciel la folle opinion ?
« Ce mal est, tu le veux, une imperfection ;
» Ici, Dieu donne trop ; là, faible est sa largesse. »
Détruis tout pour ton goût, dans ta facile ivresse ;
Et dis encore après, si l'homme est malheureux,
S'il n'attire lui seul la tendresse des cieux,
S'il n'est l'être parfait sous cette voûte auguste,
Immortel dans le ciel, l'Éternel est injuste ;
Ose donc arracher le sceptre de sa main ;
Et, jugeant sa justice, être son souverain !!!.....

Nos erreurs de l'orgueil ont pris souvent leur source :
L'homme se méconnaît en dirigeant sa course
Vers le dôme des cieux et les divins parvis.
L'orgueil en veut toujours aux célestes lambris.

Les fiers mortels voudraient devenir des Anges,
Les Anges aspirer au bonheur des Archanges.
Pour avoir trop osé, l'Archange s'est perdu ;
L'ambitieux mortel, comme l'Ange, est déchu.

Quiconque veut troubler la paix universelle,
Fait la guerre, Milord, à la cause éternelle.

Pour qui brillent les cieux d'immortelles clartés ?
Pour qui ce globe est-il si prodigue en beautés ?
L'Orgueil répond : « Pour moi, le sein de la nature
» Renferme l'heureux don d'enrichir la verdure
» De fruits délicieux, de séduisantes fleurs ;
» La rose et l'oranger, de charmantes odeurs ;
» Pour ma vue apparaît l'éclatant météore ;
» C'est pour me réveiller que se lève l'Aurore ;
» C'est pour me transporter en des pays lointains,
» Que sont prêts ces vaisseaux, ces habiles marins ;
» Pour mon goût, le raisin distille dans l'automne
» Le nectar que l'été mûrissait sous la tonne ;
» Pour moi, la mine enfante un immense trésor,
» Et la santé découle aux sources du Mont-d'Or ;
» Pour moi, roulent des mers les ondes vagabondes ;

» Pour moi, l'astre du jour éclaire les deux mondes ;
» L'Univers est pour moi le plus beau des palais,
» La terre un marche-pied, le ciel un vaste dais. »
   Mais la nature enfin, lorsque la terre tremble,
De sa bonté fait-elle apercevoir l'ensemble
Dans les écroulemens, les inondations,
En nous privant, hélas ! de nos affections ?
Et devons-nous bénir sa faveur, sa sagesse,
Quand un soleil brûlant darde la sécheresse ?
« Oui, te répondra-t-on : un ordre universel
» N'aurait pu s'établir par l'Artiste éternel,
» Si son pouvoir eût fait des règles spéciales
» Pour le plan qu'il conçut par des lois générales.
» Il existe, il est vrai, dès sa formation,
» Dans ce qui fut créé quelque altération :
» Mais, dis-moi, quel objet est parfait sur la terre ? »
Pourquoi t'imaginer l'être dans ta misère ?
Le Ciel, crois-tu, ne veut que ta félicité ;
Mais ne t'en es-tu pas trop souvent écarté ?
Niras-tu que le Ciel aussi ne s'en éloigne ?
Pour goûter la faveur qu'en son plan il témoigne,
Un cours alternatif de pluie et de beau temps
Ne fut pas moins prescrit, que des desirs constans
Dans l'âme du mortel ; que des jours sans nuages
Et des ans éternels, pour des cœurs toujours sages.
   Si le dessein de Dieu, du choc des élémens
Ne peut point se détruire en d'affreux tremblemens,
Du fier Catilina l'audace sans seconde,
Ou bien d'un Borgia l'existence en ce monde,
Pourraient-elles, Milord, dis, le désordonner ?
Le prisme de l'orgueil nous fait déraisonner.
Jugeons du naturel comme de la morale :
Pourquoi blâmer le Ciel dans la chose fatale ?
Et dans telle autre encor pourquoi donc s'étonner ?
Dans les deux, se soumettre, ami, c'est raisonner.

Tu voudrais que tout fut au gré de ton envie
Dans le monde physique et le cours de la vie ;
Que l'univers moral à tes yeux enchantés
Ne fit voir que vertus, n'offrit que vérités ;
Que l'air ou l'océan du capricieux Borée
Ne ressentit jamais le souffle hyperborée ;
Que le cœur du mortel, ami de la raison,
Pût toujours se trouver exempt de passion.
Mais tout vit par le choc des élémens contraires,
Et des troubles du cœur les avis salutaires
Maintiennent de nos jours la conservation.
Un ordre général, dès la création,
Est observé dans l'homme et la nature entière.
Que veut-il donc cet homme en sa courte carrière ?
Quoique inférieur à l'Ange, il prétend l'égaler,
Et, s'élevant à lui, cherche à le ravaler.
Tantôt, le cœur chagrin, ce roi de la nature
Envie au bœuf sa force et de l'ours la fourrure.
S'il croit que pour lui seul tous les êtres sont faits,
Quel en serait l'emploi, s'il produit leurs effets ?
De la bonté du Ciel chaque être eut en partage
D'organes et d'instinct une mesure sage.
Si plusieurs ont sauvé des apparens besoins,
Ce fut l'un par la force, et l'autre par des soins.
A l'état de chacun tout est en concordance :
On ne peut y soustraire ou joindre une nuance.
Quand je vois tout insecte à sa place être heureux,
Pourquoi l'homme toujours est-il si malheureux ?
Le mortel seul qu'on nomme un être raisonnable,
N'est donc point satisfait quand de biens on l'accable ! ! !..
Si l'orgueil ne causait de l'homme le chagrin,
Il suivrait constamment du bon sens le chemin,
Saurait que son bonheur n'est pas dans la pensée,
Ni dans les actions dont l'âme est offensée ;
Maintiendrait son esprit dans un tranquille état,

En ne le parant point d'un vaniteux éclat.
Pourquoi n'aurais-tu pas un œil microscopique ?
« Par le simple motif, dis-tu dans ta réplique,
« Que l'homme assurément n'est point un moucheron. »
A quel emploi ton œil pourrait-il être bon,
Si, voyant d'un ciron la fine contexture,
Il ne pouvait des cieux contempler la structure ?
Que ferais-tu, Milord, du tact plus délicat,
Privé de tout secours en un cruel combat ?
On te verrait alors, tremblant et trop sensible,
Des astres accuser l'influence nuisible ;
Et chez toi la Douleur, avec son dard perçant,
De te persécuter toujours te menaçant,
Introduirait la mort par des routes subtiles.
D'un odorat plus vif ? Les huiles volatiles
Qu'exhalerait la rose en ton faible cerveau,
T'affecteraient assez pour te mettre au tombeau.
A quoi te servirait une oreille plus fine,
Si, pour toucher ton cœur, la puissance divine
Te faisait du tonnerre entendre le fracas,
Et répandait la foudre en funestes éclats ?
Si des célestes corps la course surprenante
T'étourdissait du bruit de leur musique errante ?
Dieu ! dirais-tu, rends-moi le murmure des eaux,
Le souffle du zéphyr, la fraîcheur des ruisseaux !
Tu vois que la nature est également sage,
Dans ce qu'elle refuse, ou nous laisse en partage.

Autant que des degrés de la création
La quantité s'étend, autant l'extension
Des facultés des corps et de l'intelligence,
Peut se développer à notre connaissance.
Depuis ces millions d'insectes qu'au printemps
On voit naître, mourir, gazouiller dans les champs,
Quelle gradation, à partir de l'atome,
Jusqu'à la race illustre et royale de l'homme !

5

Considère le lynx et les traits de ses yeux,
Et l'instinct de la taupe en ses pas ténébreux ?
Me dirais-tu, Milord, jusqu'à quelle étendue
Doit se modifier l'organe de la vue ?
Combien dans l'odorat le chien montre de tact !
Le lion dans l'ouïe un jugement exact !
Qu'à l'habile Arachné le toucher est sensible !
La moindre impression à son être est nuisible ;
Si tu touches les fils que son art a tissus,
Tu mets le désespoir en ses sens éperdus :
Dans son ouvrage même elle semble vivante.
Que ton goût est exquis, abeille diligente,
Pour extraire du miel d'un vil végétal !
Tu sais choisir le bien où se trouve le mal.
Ton instinct, éléphant, est plein d'intelligence ;
Que le tien, ô pourceau ! m'offre de différence !
Oh ! que bien peu de chose opère la cloison
Qui sépare l'instinct de la fière raison,
Qui toujours divisés se rapprochent sans cesse !
Que l'alliance est secrette, a de délicatesse
Entre le souvenir et la réflexion,
La sensible pensée et la compassion !
Combien de vains efforts, pour vivre en concordance,
De mille être divers signalent l'impuissance,
Sans jamais dépasser la démarcation
Où l'Éternel fixa leur séparation !
Et s'il n'existait pas, dans toute la nature,
Un degré de pouvoir sur chaque créature,
Entre elles pourrait-il s'établir une loi ?
Et verrait-on leur force être soumise à toi ?
Or, ce pouvoir étant vaincu par ta science,
Ta raison seule vaut toute cette puissance.

FRAGMENT

DU POEME

DE JOSEPH, PAR BITAUBÉ,

MIS EN VERS.

Jadis, je répétais les belliqueux accords
Du poëte enchanteur qui vit les sombres bords
Applaudir aux accens de sa lyre féconde
(Qui feront en tous temps les délices du monde),
Lorsque sur l'Hélicon, couronné de lauriers,
Homère célébrait les exploits des guèrriers.
Aujourd'hui, secondé par un plus noble zèle,
Je n'emprunterai point une audace nouvèlle ;
Un sujet non moins beau vient inspirer mes chants.
Muse ! daigne sourire à mes récits touchans !
   Je chante ce mortel qui, vendu par ses frères,
Fut en butte long-temps à toutes les misères ;
Esclave en un pays dont il fut bienfaiteur,
Enfin devenu libre au sein de la grandeur,
On le vit, jeune encor, résigné, bon, modeste,
Et l'exemple parfait d'une vertu céleste,
Au milieu des revers, comme dans les succès.
   **, tu m'inspiras ! je t'offre mes essais !
   Mortels, estimez-vous assez peu la sagesse
Pour qu'un pareil récit n'éveille la mollesse,
Où trop souvent vos sens plongent votre raison,
Quand vous n'ouïssez plus cet héroïque son,
Qui sait toujours charmer vos oreilles avides

D'entendre raconter les hauts-faits des Alcides ?
Ne goûteriez-vous pas le plaisir généreux
D'applaudir quelquefois à des traits vertueux ?
Vos cœurs sont enflammés, quand la trompette épique,
Pour immortaliser une histoire héroïque,
Retrace à vos esprits des armes le fracas,
Et les cris des mourans, et l'horreur des combats :
Ah ! vous ne serez point à mes vers insensibles,
Je ne vous dépeindrai que des vertus paisibles !

Toi, qui nous en transmis l'attendrissant tableau,
Après avoir tracé du monde le berceau,
De l'informe chaos les lois génératives,
Les soleils enfantés dans des sphères actives ;
Des astres de la nuit l'ordre resplendissant ;
Le globe entier couvert de feuillage naissant ;
Les plantes et les fleurs, les arbres, leur ombrage ;
Et les monts atteignant l'asile de l'orage ;
Tandis que de leurs lits les fleuves vagabonds
Se plaisent à couler en des golfes profonds :
L'onde, la terre et l'air, offrant la nourriture
A tant d'êtres épars dans l'immense nature ;
Enfin l'homme, au milieu, s'élevant comme un roi
Que l'Éternel créa pour leur donner la loi :
Toi, qui sus de Milton animer le génie,
De l'aimable Gessner conduire l'harmonie ;
O poëte sacré ! seconde mes efforts ;
En chantant ton pays tu pacifias ses bords :
Fais revivre en mon cœur de ton esprit la flamme !
Que la simplicité, compagne de ton âme,
Source en toi du sublime, et ton guide fidèle,
Pour plaire et pour toucher, me serve de modèle !

Joseph était réduit, à la fleur de ses ans,
A souffrir d'un captif la peine et les tourmens,
Séparé de Jacob, son vénérable père,
De ses nombreux amis, de sa famille entière,

Du lieu de sa naissance, aimable et doux séjour
Où fleurit Sélima, l'objet de son amour;
Le jour où son ardeur eut été couronnée
Du plus tendre retour par un chaste hyménée,
Il était transplanté dans un climat lointain.
Comme on voit ta corolle, en un riant matin,
O lis! amour du Ciel, fleur chère à ma patrie!
Se pencher tristement sur ta tige flétrie;
Entouré d'autres lis, tes jeunes courtisans,
Te reposant sur eux contre les ouragans,
Tu goûtes leur parfum et la douce influence
Du caressant zéphyr, amant de ton essence;
Quand soudain un fougueux et cruél aquilon
T'arrache à tes appuis, au zéphyr, au vallon,
Témoin de tes beaux jours, berceau de ton enfance.
Tel Joseph de Jacob souffrait la dure absence.
    Chaque jour il cherchait près du Nil argenté,
Pour paître son troupeau quelque endroit écarté.
Le cours majestueux de ses ondes superbes,
Ces prés couverts de fleurs, ces champs féconds en gerbes;
Ces arbres décorés de fruits pour lui nouveaux,
Ces coteaux animés de plus riches troupeaux
Que ceux qu'il avait vus dans les autres contrées;
Ces palais, ces jardins, ces campagnes dorées;
Et l'aspect ravissant de la belle Memphis,
Et ses superbes tours, à tous les yeux surpris,
Qui semblaient se confondre avec ces pyramides
Dont les ailes du Temps n'augmentent plus les rides :
Ces objets de Joseph ne touchaient point le cœur,
Et ne pouvaient calmer sa profonde douleur :
Ils erraient à ses yeux, tels que de légers songes
Qui, sans nous attacher par de rians mensonges,
Caressent doucement l'imagination,
Et ne font sur notre âme aucune impression.
    Cependant le malheur ne portait nulle atteinte

A son doux naturel, étranger à la feinte ;
Il tenait le chagrin en son cœur concentré,
Et jusque dans la plainte il était modéré.
Les regards presqu'éteints, étendu sur la rive,
Considérant le fleuve et son onde plaintive,
Qui semblait compatir à ses affreux revers,
Retracer de ses maux les souvenirs amers :
« Grand Dieu ! m'ordonnes-tu, dans ce climat sauvage,
» De terminer mes jours en un triste esclavage ?....
(Depuis qu'il est captif par un sort rigoureux,
Tels sont les premiers mots qu'il prononce en ces lieux);
» Hélas ! je t'ai perdue, ô liberté chérie !.....
» Et pour comble de maux, c'est loin de ma patrie,
» Où vit encor JACOB chargé de pieux ans ! !....
» JOSEPH n'entendrait plus de JACOB les accens,
» De ce père chéri qui charmait sa jeunesse !....
» Son fils consolerait cependant sa vieillesse !....
» Toi, que mon cœur choisit pour embellir mes jours,
» SÉLIMA, digne objet de mes chastes amours,
» Dans le temps où tes mains de fleurs ornaient ma tête,
» Et que de notre hymen se préparait la fête....... »
A ces mots, ne pouvant achever son discours,
A sa mélancolie il donne un libre cours.

ACROSTICHE

SUR

Mgr L'ARCHEVÊQUE DE BORDEAUX.

De tes nombreux bienfaits reçois le juste prix
Du céleste séjour des bienheureux Esprits,
Vénérable Prélat, que Bordeaux pleure encore.
Inconsolable ami d'un Sage que j'honore,
Ah ! puissé-je jouir de la félicité
Un jour de te revoir dans l'immortalité !

HOMMAGE DE VÉNÉRATION

SUR LA TOMBE DE MONSEIGNEUR LE COMTE CHARLES-FRANÇOIS D'A-
VIAU DU BOIS DE SANZAY, OFFICIER DE L'ORDRE ROYAL DE LA
LÉGION-D'HONNEUR, COMMANDEUR DE L'ORDRE DU SAINT-ESPRIT,
PAIR DE FRANCE, ARCHEVÊQUE DE BORDEAUX.

Pope a chanté l'homme : je chanté l'homme immortel.
YOUNG

D'un Prélat vénéré ci-gît la noble cendre ;
Bordeaux en pleurs l'a vu dans la tombe descendre :
Plaignez l'infortuné privé de ses bienfaits,
Dont Dieu le récompense en l'éternelle paix.

Sa haute piété, sa douce tolérance,
La bonté de son cœur, sa tendre bienfaisance,
D'un Pontife accompli présentaient le tableau,
Et l'on vit le rabbin pleurer sur son tombeau.

Le lis par sa blancheur de sa vie est l'image ;
La grandeur de son âme est l'honneur des Pasteurs ;
Il se montra toujours le modèle du Sage,
Et sur lui son clergé répand encor des pleurs.

Du vertueux SANZAY, de mémoire chérie,
Reposent au lieu saint les restes précieux :
Par sa vie innocente et ses travaux pieux,
Il a vu des élus la céleste patrie.

Chrétiens, jetez des fleurs sur le triste cercueil
De l'illustre Prélat dont Bordeaux est en deuil :
Sa rare charité rend son renom auguste,
Et lui mérite au Ciel la couronne du Juste.

Du sage D'AVIAU l'évangélique ardeur
Dès ses plus jeunes ans fut à Dieu consacrée :
Il coula de saints jours une suite sacrée,
Exhalant le parfum agréable au Seigneur.

De l'austère vertu toujours ami fidèle ,
Pour la religion le cœur brûlant de zèle,
Il servit constamment jusqu'au bord du tombeau
Dieu, l'Église, le Roi, l'État et son troupeau.

Ah ! d'un si grand Pasteur conservons la mémoire,
En honorant son nom d'une immortelle gloire,
Puisqu'à nos yeux, hélas ! ses vénérables traits
Sont dans le sanctuaire éclipsés à jamais.

La mémoire du juste sera éternelle. Ps. III.

FIN.

TABLE

DES PIÈCES CONTENUES DANS CETTE BROCHURE.

www.ingramcontent.com/pod-product-compliance
Lightning Source LLC
Chambersburg PA
CBHW071254210626
46818CB00013B/1437